AF417677

Besos entre versos

Besos entre versos

Luigie Mateo Castellanos Rodríguez

Título: Besos entre versos

© 2023, Luigie Mateo Castellanos Rodríguez

Primera edición: mayo 2023

ISBN: 978-958-49-9677-0

Para los besos que se niegan a morir

I

Atrapa

Atrapa con tus manos
el suspiro que se me escapó;
lo guardaba para sembrarlo en el verano.
Tienes que encontrarlo, ¡fue culpa tuya!
Abriste mis labios con un beso y se ha salido.

Aprovecha que aún está húmedo
y deja rastro como un caracol perdido.
Pasó por entre tus lunares, uno a uno.
¿Qué constelación formó?

¡No lo pierdas!
Se despegó de tu cuerpo y ahora vuela
como la luz de una luciérnaga.
Cierra los ojos, apaga todo.
¿Escuchas su aleteo?

En el espacio que hay entre tus pensamientos.
En las pestañas diminutas que guardan tu mirada.
Entre las líneas de la palma de tu mano;
se quiere meter en tu futuro.

¡No lo atrapaste!, es tarde.
¿Cuánto tiempo vive un suspiro afuera?

Prepárale un funeral.
Murió en tus manos,
en tu cuerpo,
en tus lunares.

No le traigas flores
ni digas palabras tristes.
Solo dame un beso cada martes
para recordarlo.

Antes de que te fueras

Escondí un papelito entre tus crespos.
Espero que el viento de agosto no se lo robe
y caiga en una de las calles olvidadas de la ciudad.

Escribí una palabra en el papelito
para que pienses en ella.
Para que se enrede a tu cabeza y no la saques.
Y en la noche cuando te duermas la sueñes:
sueñes conmigo
o con la palabra amor.

Coleccionista

Hace días no llueve,
pero no te preocupes.
A mí me gusta coleccionar lluvias
y tengo en un balde de mi casa
la tormenta de la semana pasada.
Si quieres trae a tu pez y lo ponemos allí
para que se vuelva eléctrico
y alumbre tu cuarto las noches que tengas miedo.

También guardo en un frasquito
el rocío que cayó en la mañana
el día en el que te conocí.
Cuando lo pongo al sol,
le sale un arcoíris chiquitico
en el que podríamos jugar o vivir.

Pero la mejor de mi colección
es la que guardo en el platón,
la del verano pasado.
Fue la que cayó un domingo
y sonaba en las tejas
como una canción alegre.

Hoy hace un día maravilloso
y sé que estás aburrida en casa
y sé cuánto te gusta jugar con la lluvia.
Así que ponte las botas amarillas
y ven a mi patio.

A mí no me importará
volcar el agua del platón
para hacerte un charco.

Seremos los únicos niños
que juegan a saltar charcos de lluvia
cogidos de la mano
como un par de enamorados,
mientras con los pies
hacen sonar una canción alegre.

Poemas de papel

Juguemos a hacer un avión de papel.
Arranca una hoja de mis poemas:
el primero que te escribí.

Dóblalo como si fuera un secreto.
Repasa con tus manos los versos empolvados,
una y otra y otra vez
hasta que se queden pegados a tus dedos.

Dale un beso
y lánzalo desde lo más alto de tus cabellos
y mira cómo toca el cielo
y se llena de nubes
y parece feliz.

No olvides
correr, gritar, llorar
y ¡despedirte!
cuando comience a caer.

Desde niña sabes que los avioncitos y los poemas
solo pueden volar una vez.

Le he pedido a mi gato

Ayer,
cuando me enteré cuál era tu sonido favorito,
tuve la conversación más larga con mi gato.
¿Sabes lo difícil que es obligar a un gato a algo?
Sobre todo, a prestar atención.

Terminé con tres rasguños en mi mano,
una mordida en el dedo meñique
y un montón de pelos en mi camiseta preferida.
¿Y para qué?

Si cuando le he pedido que me enseñe a ronronear
porque ese es tu sonido favorito en la tierra
y porque he visto con que ternura acaricias
y besas a los gatos para que ronroneen,
me miró con sus ojos serios
como diciendo
"este humano está loco"
y se marchó.

Ahora, hasta mi gato sabe que estoy loco por ti.

¡Hip!

Descubrí que tengo una extraña clase de hipo. Durante el día, de la nada, me dan ataques de hipo que suenan como a suspiros entrecortados y no puedo dejar de pensar en ti.

Mi abuela dice que a los niños nos da hipo cuando robamos algo y yo cada vez que puedo intento robarme una mirada tuya o uno de los besos que lanzas al aire cuando te despides de tus amigos o esa sonrisa que te aparece cuando alguien cuenta una broma.

Te devolveré todo mañana.

Sueño contigo

Nos sueño en un parque de flores amarillas,
sentados bajo la sombra del árbol de mangostino,
comiendo nuestro helado favorito.

Dos pájaros juegan a las cogidas
arriba de nosotros.
Vuelan muy cerca de tu sonrisa
y de nuestros ojos que se miran fijamente.

Noto que tienes un bigote de chocolate,
lo limpio con mi dedo.
Tú limpias mi bigote de vainilla con un beso.

Las flores amarillas se convierten en canarios,
salen volando como una nube de cantos
que se prende con el sol.

Y los helados se derriten y caen al suelo
donde algunas hormigas estarán tan felices
como lo estoy yo contigo.

Dibujante

Dibujo tu boca con mis ojos
no parpadeo para que no se deshaga.
La miro fijamente
para anticipar el vuelo de tus labios,
que son crisálidas recién abiertas,
y poder atrapar tu beso en el aire
mientras hablas conmigo.

Pero te quedas callada
y mis ojos ven tus ojos
y tu boca se borra.

Dibujo tu boca con las manos.
Sin tocar tu cara, en el aire, muevo los dedos
como si fuera el director de una orquesta.
Tus labios se vuelven instrumentos de cuerdas
y me sigues hablando y yo muevo los dedos
más rápido, más rápido, como en un *crescendo*.

Pero sonríes
y yo dejo todo en silencio
para ver tu sonrisa
y tu boca se borra.

Entonces, cuando paras de sonreír
no me queda otra opción
que acercarme con un gesto de niño
para dibujar tu boca con mis labios:
te beso con los ojos abiertos y moviendo las manos
para que tu boca quede pegada a la mía

                              y nunca se borre.

Vaciar los bolsillos

En las mañanas guardo mis besos en un bolsillo.
Para que funcionen, antes hay que soplarlos
como a las velas de cumpleaños:
pidiendo un deseo, el mismo de cada año.

Dentro del bolsillo no se puede guardar nada más;
los besos son celosísimos
y si se guardan junto con otras cosas, se van
o se pinchan o se rompen o se deshacen
o peor aún, se mueren.
Y entonces, dejan un malestar que sube
hasta el corazón.

Para sacarlos se debe aguantar el aire
y tomarlos con la yema de los dedos
como si se quisiera agarrar una gota de agua
como si se quisiera agarrar una lágrima
antes de que caiga al suelo.

No hay que dejar que les dé el sol
porque los besos son inflamables.
No hay que dejar que se enreden
porque los besos se dan de a uno.

No hay que dejar que otros los miren
porque los besos son tímidos.

Y hay que arrojarlos con precisión.
Yo lanzo uno entre tus cabellos
otro sobre tu mano
dos en los hoyuelos que se forman cuando sonríes
unos cuantos sobre tu frente
uno en la nariz
muchos en tus mejillas
y uno sobre tus labios.

Me pregunto si sientes algo cuando llegan a ti.
Un cosquilleo como si te caminaran hormigas,
un pequeño piquete como el de un zancudo
o una mancha de humedad que desaparece
lentamente.

Me pregunto si algún día se cumplirá mi deseo,
que los besos que guardo para ti se vuelvan reales.

Explosión

Me besas
Y se hace la luz
Y se hace pequeña
Y se enreda entre tu boca y la mía
Y es nuestra
Y creamos el universo
Y acaba el beso
Y se apaga todo.

Nubes

Los besos están hechos de nubes,
por eso cuando me besas
me dejas un pedacito de cielo.

Las nubes de los besos se expanden en la boca,
crecen, crecen, crecen hasta que se puede volar.

Entonces, los besos llueven adentro,
hacen charcos en el corazón.

Y las nubes se deshacen, se acaban,
pero queda un rayito de sol:

tú.

Es tu cumpleaños

Mamá me dejó tomar una planta de su jardín,
me pidió que escogiera una que te gustara,
yo te iba a llevar la más colorida.

Vi una de flores anaranjadas que parecían solecitos
que nacían de la tierra y se agarraban con fuerza
para que el viento no se los llevara.

Otra de flores azules que colgaban como gotas.
Eran del mismo color de tus ojos
y tan suaves como tu mirada.

Había una con pétalos rosados pintados a mano.
Tenía rayitos blancos, como si fueran canas;
se notaba que era una planta sabia.

Y otra con flores aterciopeladas rojas.
Parecían hadas con vestidos de gala
que bailaban un vals.

Luego me crucé con un Diente de león,
que estaba en el piso.
Lo tomé entre las manos y lo soplé;
volaron pequeñísimas flores por todo el patio.

Mamá me explicó que no eran flores
sino semillas, esporas.
Y que esas no las había sembrado ella,
crecen solas por todas partes.

Entonces supe que quería regalarte
semillas de Diente de león
para que tuvieras un jardín entero en tu mano
y cuando las soplaras pidieras un deseo
y a tu vida entera le crecieran flores.

Para ti

Te entrego la colección de carros
que me regalaron en las navidades y cumpleaños.
Los organizo por color
o del más rápido al más lento
o del más nuevo al más viejo.
Deja siempre de primero el amarillo con negro;
me recuerda a mi abuelo.

Aquí te dejo las canicas que le gané a mis primos
en las tardes en el patio.
Cuando estes triste,
lanza una debajo de tu almohada
para que sueñes bonito.
Lleva en tu bolsillo la canica verde despicada,
es la de mi suerte, te la regalo.

Y, sobre todo, guarda bien esta libreta,
cuida mi letra de niño.
No dejes que alguien borre
ese primer poema que te escribí:
sin rima, sin métrica y con un beso escondido.
No dejes que alguien lo lea y descubra lo frágil
que siempre he sido.

Te entrego mis tesoros, mis miedos,
mi suerte y mis recuerdos.
Cuídalos mejor que yo.
Volveré por ellos cuando la vida me haga adulto
y tenga que recordar mi primer amor.

II

Bésame

Pon un beso en tu boca,
déjalo colgando en el quiebre de los labios
como una hoja cuelga de un árbol.

Antes de que se marchite
y caiga en el olvido,
siembra el beso en mi boca.

Y dará flores
que recogeré en ramos de versos
para entregártelos
cuando te vuelva a ver.

Cosas que me gustan

La forma en que tu cabello se mueve
cuando caminas:
un puñado de olas desbordadas.

La manera en que se dibuja tu cara
cuando algo te sorprende:
la luz se enciende y puedo ver las sombras
que guardas tras la ventana.

El vaivén de tus pasos al atardecer:
sin prisa,
sin miedos,
sin pesos ni zapatos.

El sonido extraño que haces cuando piensas:
chocas los dientes
para que no escapen las palabras.

La sonrisa que se forma en tu cara
cuando digo que te amo:
una línea coloreada por un niño
que se sale de la hoja y pinta el mundo entero.

Una mirada tuya:
la que me regalas cuando cierras los ojos
para besarme.

Y ese sabor a café:
del café de tus ojos
cuando me miras después del beso.

Besarte

El espacio entre tus manos se llena con un solo beso. Dos besos sinceros se necesitan para borrar la cicatriz de tu infancia. Solo medio para cerrarte los ojos. Uno que tarde más de cinco segundos para llenar el vacío de tus ausencias. Un beso sonoro, ruidoso y prolongado para que no escuches al miedo. Cuatro besos idénticos sobre tus puntos cardinales para que olvides la culpa. Y finalmente, uno en forma de pregunta entre tus labios.

¿Qué respondes?

A tu lado

Estoy a tu lado
y los pequeños detalles cobran sentido.
Las calles, los parques, la luna
y la música tienen el sabor de tus besos.

Algunas palabras guardan el tono de tu voz
y solo las quiero escuchar si salen de tu boca.
Como la palabra felicidad
o la palabra paz.

Estoy a tu lado
y quiero habitar tus besos,
perderme en los lunares de tu cuerpo,
encontrar un punto donde acariciar tu alma.

Verte a los ojos
que el mundo se haga eterno.
Y caminar contigo de la mano,
entrelazando los dedos
para no dejar de sentir
el pulso de este amor.

Inmerso

Camino descalzo por la orilla de tu cuerpo,
van quedando mis huellas atrás.

Me detengo en la comisura de tus labios.
Me siento en esa esquina solitaria,
mientras veo el atardecer de tu mirada.
Llevas el más bello sol dentro de tus ojos.

Desde ahí escucho tu respiración
como el murmullo de las olas que golpean
y amenazan con desbordarse.
Inundarme entero.

Te beso.

Entro en la inmensidad
de aguas profundas que guardan tu boca.

Dejo de respirar por unos segundos,
muero en tus labios,
en su humedad,
en sus olas suaves.

Me hundo
y pienso en qué criaturas extrañas,
aterradoras, inexploradas
y hermosas esconderán esas aguas.

El beso acaba

Vuelvo a respirar.
	Y ya quiero morir nuevamente en tus labios.

Aullar

Busqué el significado de tu nombre
y no proviene de una estrella,
de un cometa o de un plantea lejano.

No es el mismo de ninguna mitología,
no desciendes de las ninfas
ni de las hadas o las diosas.

Lo busqué entre las criaturas más bellas,
entre la infinidad de las galaxias,
y las historias del pasado,

                              y no lo hallé.

Hay otros tantos que se le parecen,
pero no hay significado que encasille tu nombre.
No hay otro que suene igual.

Cuando alguien dice tu nombre
el tiempo dentro de mí se detiene
para escuchar el mar que allí se guarda
mejor que en una caracola.

Pero cuando yo te llamo por tu nombre
me siento aullándole a la luna:
tan lejana,
tan indiferente.

Tan sola.

Crepitar

Nuestro amor es inflamable,
basta un beso para incendiar la palabra,
por ejemplo, la palabra soledad
y convertir nuestras voces en una hoguera
que nos dé calor en medio de este frío:
del de afuera,
y del que crece adentro con los miedos
propios y heredados.

Nuestro amor es fuego que consume
y deja la tristeza roja.
Y arde para afrontar los fantasmas
que cargamos en nuestras miradas,
convertirlos en cenizas
ofrendadas al viento.

Nuestro amor crepita,
es ruidoso, crece
y nada queda intacto a su paso
ni siquiera nosotros.

Sombras

Los besos tienen sombra.
Hay que cerrar los ojos cuando se besa
para poderla ver.

Tus besos juegan
        a hacer figuras con su sombra:

Una flor que atraviesa mi garganta.
    Una hoja mecida por el viento.
        Una nube que se esconde en mis mejillas.
            Las arena que acaricia las olas.
    Un colibrí que se lleva el néctar de mis suspiros.
    Un punto infinito.
    Una estrella solitaria que se anida en mi ombligo
        El vaivén de las campanas a las doce.
            Una flecha que no me hiere.
    Una cigarra que canta hasta morir.
Las espinas de la flor incrustadas en mi lengua.

¿Cuánto?

¿Cuánto dura el beso?
Un pedacito de eternidad.

¿Cuántos besos forman un silencio?
Uno, el que no se da.

¿Cuántas vidas tiene el beso?
Una sola, la nuestra.

¿Cuántos besos caben en tu cuerpo?
Todos los que tengo.

¿Cuántos cuerpos le caben al beso?
Dos, el tuyo y el mío.

Vértigo

Ayer casi te cambio el nombre y te digo amor,
pero tuve miedo de caerme.
Hay un abismo dentro de la palabra amor.
Hay un abismo entre el sonido de la "a"
y el silencio de la "m".
Hay un abismo entre la "o" infinita
y el tambalear de la "r".
Hay un abismo en esa palabra que nunca se llena.
Hay un abismo en su sonido de pregunta.
Hay un abismo en mis labios
cuando intentan pronunciarla.
Hay un abismo y me da vértigo si al escucharla

te quedas callada.

Lunáticos

En una noche de lluvia ve a un charco de tu patio
y pesca la luna con un tarro de vidrio.
Si está llena, agítala hasta que haga burbujas
y pide un deseo.

> Yo desearé estar contigo.

Si está en forma de cuna,
mójate los labios,
pronuncia mi nombre
y bésala despacio.

> Yo diré tres veces tu nombre.

Si solo hay media,
enciérrala en el tarro y
llévala a otro charco:
el de mi casa.

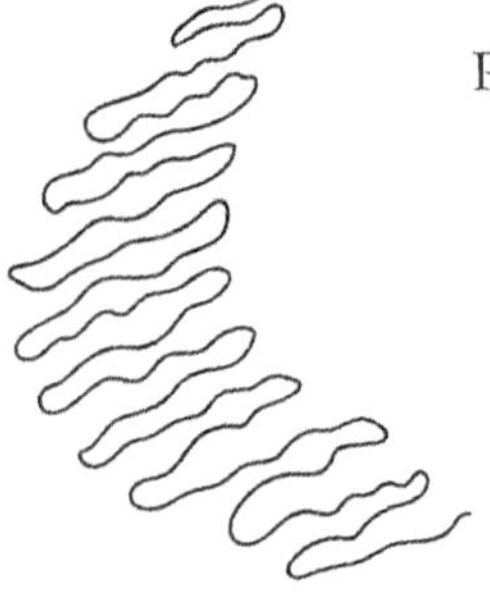

> Para que se reúna con la que yo pesqué
> y se vuelvan una sola luna.

Ceniza

Enciendes mi boca,
me tomas entre tus dedos
y pones mis labios en tus labios.

No los sueltas hasta
que tu boca se llena del humo
que desprenden mis besos.

Luego soplas
y dejas el cuarto oliendo a cigarro
y mi boca roja, rojísima.

Fumas mis besos
y yo me vuelvo ceniza
                regada en tu cuerpo.

III

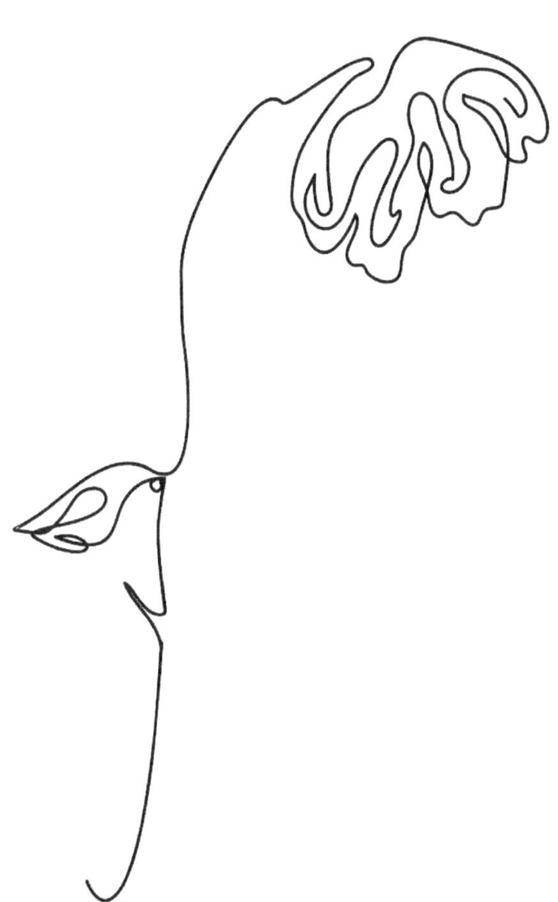

Monólogo

A tus besos se les acabó el sabor.
Tus manos ahora permanecen cerradas.
No encuentro mis ojos en tus ojos.
La sonrisa se borró de tus mejillas.
Guardas silencios tras la mirada.
Hay una mariposa negra en tus labios.
A tus besos se les acabó el sabor.

—¡Ya no son para mí!

Adiós

Me persigue la idea de que pronto
me darás el último beso
porque de tus labios a los míos
se ha cavado una tumba
para enterrar nuestras risas muertas
y nuestros amaneceres juntos.

Sé que el próximo beso que me des será de despedida
y no me culpes si me aparto en el último instante,
es que quiero que ese beso quede pegado a tus labios
para que sea como la brisa fría que anticipa la lluvia
o el canto de un pájaro antes de la mañana.

Lo quiero guardar en tu boca para que,
si te marchas,
te lo lleves pegado a tus labios.
Y cuando te mires al espejo veas tu beso
que es mi beso.
Y cuando pintes tu boca nos recuerdes.

Lo llevarás pegado hasta que beses a alguien más
y entonces le entregarás mi beso.

Pero el sabor será amargo
como una flor marchita.
Amargo
como el dolor que guardé en tus labios
Amargo
como el tiempo sin ti
Amargo
como un beso que ha muerto hace años.

Degradado

Cuando te vi eras de un azul infinito,
del que se refleja en las aguas del cielo
y las del mar.

Cuando realmente te conocí
eras del mismo verde que tiene
el árbol de mi patio,
el que no da frutos ni flores,
pero siempre está en primavera.

Con el tiempo te apareció un tono más vinotinto
como el de un labial de señora adulta
que ha entregado sus besos.

Y hoy, que te vi con alguien más,
te tornaste de un color negro.
El mismo tono que de pequeño veía,
cuando apagaban la luz de mi cuarto
y un monstruo salía.

Olvidaste tu aroma en mi casa

Lo dejaste en el pocillo de café medio vacío.
Entre mis cabellos despeinados.
En la cobija con la que te arropabas los pies.
En el sonido de la ducha que gotea.
En mi voz que ya no pronuncia tu nombre.
En el espejo que cuelga de la puerta
y mira directo a la cama.
En mis labios que te buscan en las noches.
En las migajas de las galletas que comprabas.
En la almohada.
Dentro del libro que no terminamos de leer.
En los cuellos de mis camisetas.
Dentro de la caja de chocolates.
Debajo de la mesa del comedor.
Y en mis manos que se agarraban a las tuyas
para no perderse.

Olvidaste tu aroma en mi casa.

A oscuras

La hebra de luz que dejaste en mis labios
se desgasta con los días.

La oscuridad se la va comiendo
poco a poco,
como si disfrutara su sabor y mi agonía.

A las moscas también les gusta zumbar
y volar cerca de la luz moribunda
que dejaron tus besos muertos.

Y yo intento apagarla
una y otra vez
para no ver de frente el vacío.

Pronto,
mi boca, mis besos y mis palabras
quedarán a oscuras.

Tu ausencia

La tristeza de tu ausencia lleva una gota de risa
como el río lleva un sonido de llanto.

Soledad

En las noches mi mano busca la tuya,
se arrastra por las sábanas
como cuando un perro herido
busca la caricia de su amo.

Mis dedos andan por tu lado de la cama,
se pierden en tu espacio vacío
intentando acariciar tu ausencia.

Desde que te fuiste mi mano está fría.
No logra calentarse,
aunque la esconda en los bolsillos
donde aún guardo tus notas de amor,
aunque la cobije con la ropa que dejaste
y que conserva tu aroma
o, aunque la entrelace con otra mano.

Mi mano tiembla de frío
tiembla por tu ausencia
tiembla de miedo,
como un niño al que han dejado solo.

Cada noche mi mano busca la tuya para calentarse,
pero no te encuentra.
Entonces, se cierra, queda un puño
del tamaño de mi corazón.

Y aunque duela,
se aprieta más
y más
y un poco más,
debe hacerse pequeña
para que el vacío de ti
ya no le quepa dentro.

Me acuerdo de ti

Me acuerdo de ti y mis ojos se empañan.
Los recuerdos se tornan borrosos.
No sé si fuiste tú o fui yo el último en despedirse.
No sé si tus ojos tenían miedo o eran los míos.
No sé si esta línea de mi mano
es mía o tuya,
si es la de la muerte o la del amor.

Mis ojos se empañan
y el mundo llora.
El cuadro que pintaste se derrite,
la luna es un pedazo de mugre
que hace lagrimar al cielo,
y las letras de mis poemas se escurren en la hoja.

Mi voz se vuelve de agua
me ahogo al pronunciar tu nombre,
y me atoro con los besos que flotan,
los que intenté enterrar en mi estómago
para no dártelos.

Mis ojos se empañan
y la única forma de limpiarlos
es llorando.

Lloro para lavar los recuerdos,
dejarlos sin manchas.
Lloro para permitir que las penas
salgan de mi cuerpo y el sol las seque.

Lloro
    para no ahogarme.

Invierno

Nunca me arrepentí
de que nos hayamos encontrado,
de que el sol no saliera ese día,
de que en tu sombrilla hubiera espacio para mí.

Sin embargo, ya ha dejado de llover.

Otro invierno

No sé cuándo te convertiste en lluvia:
de la que se asoma por la ventana
y corre por el techo.

No sé por cuál grieta entraste,
como una gotera que encuentra camino
y abre mi piel gruesa y desgastada.

No sé si esta vez florecerá algo dentro
en la tierra árida de mi alma
en la resequedad de mis labios
en el brillo muerto de mis ojos
en mi corazón quebrado.

Foto

Somos una foto vieja
a la que alguien le ha llorado encima
y las lágrimas le han dejado manchas de tiempo.

Somos una foto sin recuerdo
a la que algunos dedos le han robado el brillo
el color, y, sobre todo, se han llevado tus besos
y mis besos.

Somos una foto rota
a la que alguien ha maldecido
y le ha hecho agujeros como de polillas
que quieren morder el olvido.

Somos una foto
a la que alguien ha olvidado:
tú y yo.

Recorrer

Paso por el parque,
me siento debajo de nuestro árbol.
Ya no da sombra,
ya no da cantos,
ya no da flores.

Un señor me ofrece helados,
se parquea con su carrito frente a mí
como si supiera que estoy triste.
Pido uno de chocolate,
tu preferido.

No pruebo el helado,
lo dejo intacto bajo el árbol,
recostado en el tronco
de la misma manera como se ponen
las flores en las lápidas.

Me voy.
Mientras tu helado se derrite
me doy cuenta de que
nuestros lugares ahora son
un cementerio que visito a diario.

Índice

I

Atrapa -- 11
Antes de que fueras ------------------------ 13
Coleccionista ---------------------------------- 14
Poemas de papel ----------------------------- 16
Le he pedido a mi gato ---------------------- 17
¡Hip! --- 18
Sueño contigo --------------------------------- 19
Dibujante --------------------------------------- 20
Vaciar los bolsillos --------------------------- 22
Explosión --------------------------------------- 24
Nubes -- 25
Es tu cumpleaños ----------------------------- 26
Para ti --- 28

II

Bésame -- 33
Cosas que me gustan ------------------------- 34
Besarte -- 36
A tu lado -- 37
Inmersión --------------------------------------- 38
Aullar -- 40
Crepitar --- 42
Sombras --- 43
¿Cuánto? -- 44
Vértigo -- 45
Lunáticos --------------------------------------- 46
Ceniza --- 47

III

Monólogo -- 51
Adiós -- 52
Degradado -- 54
Olvidaste tu aroma en mi casa -------------------- 55
A oscuras -- 56
Tu ausencia -- 57
Soledad -- 58
Me acuerdo de ti -- 60
Invierno -- 62
Otro invierno -- 63
Foto -- 64
Recorrer -- 65

www.ingramcontent.com/pod-product-compliance
Lightning Source LLC
Chambersburg PA
CBHW071237130726
47998CB00003B/991